Todos los días durante una semana, Neville le llevó seis cangrejos ermitaños al hombre de los cangrejos. Y cada uno de los días Neville regresó a su casa con un dólar. A pesar de que el padre de Neville trabajaba en los campos de caña de azúcar, no quedaba mucho dinero para lujos.

Neville estaba guardando su dinero de los cangrejos para comprarle un nuevo vestido a su mamá. Pero cuando se da cuenta de que el hombre de los cangrejos está tratando mal a los cangrejos, él tiene que escoger entre ayudar a su familia económicamente o proteger el ambiente.

El cuento "El hombre de los cangrejos" se llevó el Primer Premio de Ficción para Niños de la Oklahoma National League of American Pen Women.

IMPRESO Y ENCUADERNADO
EN LOS ESTADOS UNIDOS DE AMÉRICA

Edades 4 en adelante

El hombre
de los
cangrejos

Patricia E. Van West

ilustraciones de Cedric Lucas

traducido por Miguel Arisa

Turtle Books
NEW YORK

—¡Ya!— dijo Neville cuando metió la mano en el matorral y agarró un pequeño objeto marrón. La cosa le hacía cosquillas en la mano mientras intentaba escapar, pero Neville aguantó. Suavemente, lo depositó en una caja de zapatos con los otros tres cangrejos ermitaños. "Me faltan dos" pensó.

El muchacho se pasó media hora más buscando entre los arbustos hasta que capturó los últimos dos ermitaños. Entonces usó un pedazo viejo de tela metálica para tapar la caja, y se hizo camino para encontrarse con el hombre de los cangrejos.

Desde la distancia, Neville podía ver al hombre de los cangrejos parado frente a la verja del hotel hablando con un guardia. Al otro lado de la verja, un grupo de turistas estaba montándose a un autobús.

Tal vez estos turistas iban a escalar las cataratas de Dunn's River o tal vez irían en balsa por el río Martha Brae. O a lo mejor iban de excursión al ingenio azucarero donde trabajaba el padre de Neville. La isla de Jamaica dependía de turistas. Y ahora Neville dependía de ellos también.

—¿Seis? —le preguntó el hombre de los cangrejos a Neville en lo que éste se le acercaba.

Neville asintió con su cabeza y entregó la caja.

El hombre de los cangrejos levantó la tapa de tela metálica y empezó a hurgar y pinchar cada uno. Cuando estuvo satisfecho, metió los cangrejos en una bolsa vieja. Entonces metió la mano en su bolsillo y le dio un dólar de los Estados Unidos todo estrujado a Neville.

Todos los días durante una semana, Neville le había traído al hombre de los cangrejos seis cangrejos ermitaños. Y cada uno de los días, Neville se había llevado para su casa un dólar. Aunque el papá de Neville trabajaba en los campos de caña de azúcar, no había mucho dinero para lujos. Neville estaba ahorrando el dinerito de los cangrejos para comprarle un nuevo vestido a su mamá — un vestido elegante del color del mar.

De todos modos, Neville se preocupaba de sus cangrejos.
Eran sus amigos. Le encantaba sentarse quieto como las piedras y
verlos andaretear por la tierra. Algunas veces se le subían por el
pie y le hacían tanta cosquilla que su risa les hacía meterse dentro
de sus caparazones.

Al día siguiente, después de que Neville le había entregado seis cangrejos más, el hombre le dijo: —Mi ayudante está enfermo. Si haces su trabajo, te voy a pagar un dólar extra.

Entonces el hombre de los cangrejos se apresuró y caminó hacia la verja del hotel.

No solamente Neville quería el dólar, sino que también estaba curioso de cruzar la verja que daba al hotel. Cuando Neville siguió al hombre de los cangrejos, el guardia extendió su mano señalando que se detuviera. Pero el hombre de los cangrejos inclinó la cabeza en señal de asentimiento y de repente Neville había entrado en el área del hotel.

Al cruzar una arboleda de cocoteros, Neville vio una gigantesca piscina rodeada de turistas y sillas de extensión. Fue ahí que se detuvo el hombre de los cangrejos, bajando su bolsa al lado de un gran círculo blanco pintado en el piso de concreto.

—Pueden ya empezar a apostar. Es la hora de las ca-r-r-r-r-reras de cangr-r-r-rejos —anunció el hombre de los cangrejos en voz alta.

Los turistas se acercaron al círculo.

—Aquí —dijo el hombre de los cangrejos, dándole una cajita sucia a Neville—. Tira estos cangrejos en el centro del círculo cuando yo diga 'ya'.

Al llegar al centro del círculo, Neville levantó la tapa de la caja sin aire y dio un vistazo dentro. Había seis cangrejos, acurrucados en sus caparazones. No eran los carapazones marrones y opacos, sino que estaban pintados de colores: azul, rojo, amarillo, verde, plateado y naranja.

—¡Escojan el color que quieran, escojan un color! —gritaba el hombre de los cangrejos.

Los turistas se ponían en fila para apostar. Entonces formaban un círculo esperando a que empezara la carrera.

El hombre de los cangrejos le dio a Neville la señal. Neville tiró los cangrejos en el centro del concreto ardiente lo más suavemente que pudo y se retiró un poco. La gente empezó a gritar en lo que el cangrejo rojo tomó la delantera y se acercaba al límite del círculo. Pronto los otros cangrejos empezaron a moverse y se oían más y más gritos.

—¡Vamos, azul! —gritaba una mujer.

—¡Corre, rojo! —vociferaban dos jovencitos.

—¡Camina, plateado! —le decía el hombre al cangrejo plateado cuando se acercaba al límite del círculo.

—¡Gana el plateado! —anunció el hombre de los cangrejos.

Los ganadores recogieron su dinero en lo que Neville metía los cangrejos en su propia caja con la tapa de tela metálica que permitía que entrara el aire. Él sabía que necesitaban agua y sombra y estaba buscando un lugar fresquito para ponerlos cuando oyó otra vez: —Hagan sus apuestas. Hagan sus apuestas. Hay más ca-r-r-r-r-reras de cangr-r-r-rejos.

"¿Más carreras? ¿Con estos cangrejos?" pensó Neville. Se dirigió hacia el hombre de los cangrejos y le dijo: —Estos cangrejos necesitan agua y un lugar fresquito para descansar.

—¿Qué dices? —exclamó el hombre de los cangrejos alzando su mano y agitándola—. Estos cangrejos sirven para por lo menos cuatro carreras más.

¡Cuatro carreras más! Las manos de Neville se le helaron bajo el sol de junio.

Apretando la caja de cangrejos a su pecho, Neville empezó a correr.

—Oye, ¡párate ahí!

Pero era demasiado tarde. Neville le había dado la vuelta a la piscina, había pasado por entre los asombrados turistas, por el camino de los cocoteros, y ya fuera de la verja del hotel antes de que el guardia pudiera detenerlo. Corrió y corrió hasta estar seguro en su casa.

Neville entró en su casa corriendo. Abrazando a su mamá,
le contó la historia. Secándole las lágrimas, la mamá le preguntó:
—¿Qué vas a hacer?
—Si no vendo más cangrejos no te voy a poder comprar el
vestido —dijo Neville.
—Me gustan más los cangrejos que un nuevo vestido —le
dijo la mamá con una amable sonrisa.

Neville caviló por un momento. Entonces abrazó a su mamá antes de salir con la caja de cangrejos. En la sombra fresquita de los matorrales, abrió la tapa de la caja. Uno a uno salieron los cangrejos, despacito, despacito.

—Es la hora de la ca-r-r-r-r-rera de cangr-r-r-rejos —murmuró Neville a medida que los cangrejos pintados de colores se arrastraban por la tierra hacia los matorrales.

Notas de la autora

Jamaica

El lugar donde toma lugar *El hombre de los cangrejos* es Jamaica. Jamaica es la tercera isla más grande en el mar Caribe, un poco más pequeña que el estado de Connecticut. El clima es caluroso y tropical. La isla es un destino turístico popular a raíz de sus escarpados montes, selvas tropicales, magníficas cataratas, y numerosas playas de arena blanca. Además del turismo, muchos jamaiquinos trabajan en la agricultura (azúcar, especias y fruta) y en las minas (bauxita y aluminio). A pesar de que la población de Jamaica proviene de una variedad de culturas, todos comparten el dicho jamaiquino: "De muchos, un pueblo."

Cangrejos ermitaños

Los cangrejos ermitaños comienzan sus vidas como larvas, nadando en el océano. Después de que les crecen las patas, los ojos, y otras partes del cuerpo, caminan por el suelo del océano buscando caracoles vacíos para usarlos como sus casas. Cuando encuentran el hogar perfecto, hacen el viaje a la orilla. Al cabo de unas cuantas semanas en tierra seca, a los cangrejos ermitaños se les olvida cómo nadar y se metaformoseen (cambien) en animales que respiran aire.

Aunque son pequeños, los cangrejos ermitaños benefician el ambiente de gran manera. Al usar los caracoles deshabitados de otras criaturas, son perfectos recicladores. Además, los cangrejos ermitaños limpian la orilla al comerse las criaturas muertas. Los humanos son el enemigo más peligroso de los cangrejos porque pueden contaminar el ambiente de los cangrejos, destruir su habitat y pescarlos para venderlos en tiendas de mascotas.

For my daughter, Kate— PV

To Diane, Jorrell, Jaleesa; to all who inspire— CL

The publisher thanks Ralph Tachuk for his continuing support.

Turtle
BOOKS

El hombre de los cangrejos
Text copyright © 1998 by Patricia E. Van West
Illustrations copyright © 1998 by Cedric Lucas

First Hardcover Edition Published in 1998 by Turtle Books
First Softcover Edition Published in 2001 by Turtle Books

Turtle Books, 866 United Nations Plaza, Suite 525
New York, New York 10017

Cover and book design by Jessica Kirchoff
Text of this book is set in Goudy Sans Medium
Illustrations are composed of pastel and casein on marble dust paper

First Softcover Edition
Printed on 80# White Mountie matte, acid-free paper
Smyth sewn, cambric reinforced binding
Printed and bound at Worzalla in Stevens Point, Wisconsin/U.S.A.

10 9 8 7 6 5 4 3 2 1

Library of Congress Cataloging-in-Publication Data
Van West, Patricia E., 1952-
The Crab Man / Patricia E. Van West ; illustrated by Cedric Lucas. p. cm.
Summary: When Neville sees the hermit crabs which he so gently collected
being mistreated by the crab man at a Jamaican hotel, he no longer
wants to supply them but would thereby forfeit his income.
ISBN 1-890515-26-4 (hardcover : alk. paper)
[1. Hermit crabs—Fiction. 2. Crabs—Fiction. 3. Animals—Treatment—Fiction. 4. Jamaica—Fiction.]
I. Lucas, Cedric, ill. II. Title. PZ7.V383Cr 1998 [E]—dc21 98-9679 CIP AC

Distributed by Publishers Group West

ISBN 1-890515-26-4

PATRICIA E. VAN WEST
es natural de Amsterdam, Holanda. Emigró a los Estados Unidos con sus padres y abuelos cuando tenía dos años. Obtuvo los títulos de B.S., M.S., y Ed.D. de la Illinois State University. En los últimos

diez años, Patricia se ha dedicado a enseñar cursos de creación literaria y talleres a adultos y niños. Ha publicado en más de cien revistas y periódicos. *El hombre de los cangrejos* es su primer libro ilustrado para niños. Patricia reside en la parte central de Illinois con su esposo y su hija.

CEDRIC LUCAS nació en Nueva York en 1962. Obtuvo su diploma de Bachelor in Fine Arts de la School of Visual Arts y su título de Master of Fine Arts de Lehman College. Cedric actualmente enseña arte en una escuela inter-

media de la ciudad de Nueva York. Entre los libros para niños que Cedric ha ilustrado se encuentran: *Frederick Douglass: The Last Day of Slavery; Big Wind Coming; Sugar Cakes Cyril;* y *What's in Aunt Mary's Room.* Cedric ha recibido el premio de Nuevo Talento del Art Directors Club y el premio Gyo Fujikawa de la Sociedad de Ilustradores. Cedric vive con su esposa y dos hijos en Yonkers, New York.

MIGUEL ARISA tradujo *La Cucaracha Martina: un cuento folklórico del Caribe,* publicado por Turtle Books. Miguel nació en La Habana y actualmente reside en la ciudad de Nueva York.

Ilustración de la tapa © 1998 por Cedric Lucas
Tapa impresa en los Estados Unidos de América

Distribuido por
Publishers Group West

The Crab Man is also available in—
a hardcover Spanish edition:
El hombre de los cangrejos (ISBN: 1-890515-09-4),
a hardcover English edition:
The Crab Man (ISBN: 1-890515-08-6),
and a softcover English edition:
The Crab Man (ISBN: 1-890515-25-6).

Visite nuestra página inicial en la Web:
www.turtlebooks.com

3 1969 01935 1385

Turtle
B O O K S
866 United Nations Plaza, Suite 525
New York, New York 10017